【第一句集シリーズ／Ⅱ】

緒方順一句集

鳴鳴

MehMeh
Ogata JUNICHI

ふらんす堂

序

緒方順一さんから「玉梓」の京都句会を見学させて欲しいと電話があったのは六年程前のこと。四十代前半の彼はとても爽やかに句会に登場された。当日の句のことなどほぼ記憶にないのだが、以前から玉梓京都句会に参加されていた方とネット句会を通しての知り合いだったらしく、句会終了後の会話が盛り上がっていたことを思い出す。

それ以降の句会はほぼ皆出席。新しい風を句会にどんどん吹き込んでくれる順一さんは大方が親世代の会員であるにもかかわらず、すぐに句会に馴染み、積極的に動いて下さるのでとても助けられている。特に声がきれいな方なので披講は例会のみならず、新年句会など特別なものもすべて中心的な役割を担ってくださっている。対外的には俳人協会幹事や京都俳句作家協会幹事などの仕事も、快く引き受けてくださり、結社内外を問わず高齢化の進む俳壇の中で、労を惜しまず若い力を存分に発揮していただいている。

指揮者まで歌ふ合唱卒業す
日本に桜ウクライナに戦
耕の最後を風のならしけり

教師の経験を持つ順一さんは、学校行事にも特別の見解を持つ。この指揮者は教師の一人だろう。練習中ならともかく指揮者が本番で声を上げて歌うことは先ずない。生徒と一緒に思わず声を張り上げてしまう先生の人柄が浮かび上がりくると共に、生徒たちの先生への信頼の深さも伝わってくる。卒業式での胸の熱くなる光景だ。桜の咲き満ちる日本にあって、ことさら思われるのは今この瞬間も戦争の犠牲になっているウクライナの人たち。どうにもならないもどかしさが簡潔な表現の中に隠されている。三句目は風の一字の際立つ句。人の手によってきれいに立てられた畝を風が一撫でして最後の仕上げをするのだ。

本といふ窓の形や緑さす
枯れ尽くすその色までを七変化
いつ水に戻ってもよき水母かな

本の容を窓に喩えたことでこの句は一気に広がりを増す。折しも窓から差し込む緑の風に乗っていろいろなところへこの本は連れて行ってくれそうな気がしてくる。本が好きで書物に関わる仕事をしている作者なればこその本の捉え方だろう。二句目は紫陽花の変化を見届けての一句。七色をはみだした枯色をまたこれも紫陽花本来の持つ一色として加えたのだ。紫陽花ならではの捉え方。水母の句はその独創性に驚く。「水に戻ってもよき」の措辞は作者独特のもの。水に逆らわず溶けてしまいそうな泳ぎを見せる水母は案外そんなことを思っているのかもしれない。

浮きもせず風船葛落ちもせず
平成も明治も冷えて古書の市

秋薔薇の名前すなはち一行詩

風船葛の名の由来に全く頷ける植物。突いても上がらず落としても落ちない当たり前の実態がまことにその花の本質を言い当てていて楽しい。ネットを利用しての古書店を営まれる順一さんは古書市をめぐることも多いだろう。平成も昭和も大正も明治も、無造作に並べられたすべての書が、大方買い手もつかぬまま冷え切って並べられている。お洒落で凝ったものが多い薔薇の名。なるほどと納得させられる命名に頷きつつ、詩的な感性を感じ取るのは自分も短詩型の文学に関わる者だからだろう。秋の薔薇ゆえの感慨も見えてくる。

京上る初雪となるところまで
梟を肩に冬服一樹めく
進化して着膨れてホモ・サピエンス

こんなにわかりやすく京都の町を描くことができるのも、この町を知り尽くしているからだ。雪催の京の路地をもう少しもう少しと雪に逢うまで上がってゆく。ちらちら降り始めた雪に納得して佇む作者の姿が見える。山羊と梟はどちらも大切な順一さんの家族。自分のコートに止まっている梟のなんと愛らしいこと。冷暖房の完備した現在、昔とは比べ物にならないほど進化した人々の暮らし。それでも多くの人は冬になれば着ぶくれる。進化に対しての人間本来の姿とのギャップがおかしみを誘う。

曳いて来し山羊に曳かれて青き踏む

秋草の香りもろとも子山羊抱く

これも山羊好きさうな葉よみどりの日

九年共に暮らした山羊のうしお君との思い出は尽きない。最期を看取った順一さんの姿は本当の家族そのものだった。山羊の好んで食べていたものなどを見るたびにこれからも思い出されることだろう。本集はうしお君追悼の思いで編むことを決意されたという。幸せな山羊だったとつくづく思う。

俳人としての今生ゆすらうめ

俳句が好きで、生涯俳句を続けられるであろうことは、日頃の俳句への関わり方から簡単に察しが付き、この一句から今後の俳句へ向かう決意が読み取れる。最近住み慣れた城陽の地を離れ、新天地を求めて奈良の山間部に居を移された順一さん。新たな出会いの全てがこれからの人生を更に豊かにしてくれるであろうことは信じて疑わない。恵まれた自然の中で山羊に代ってこれからは驢馬との生活を始められるという。その生活の中で生み出されるであろう俳句の数々に、順一俳句のファンの一人として今からわくわくしている。

令和六年五月　新緑の最高に美しい日に

名村早智子

目次

嗚嗚

Meh Meh

第一章　春

今日やけに眩しき日なり犬ふぐり

立春の音すべらせて左官鏝

フランスへ発つと一行けふ雨水

カーニバルのひと日女になり通し

三月の計に野草を採ることも

ペンありて紙のあらざる余寒かな

料峭や喪服につかぬ死のにほひ

鎮魂の日はその色に花ミモザ

長汀に曲浦に若布干されけり

椿餅提げて路地《ろうじ》を抜け来る

柳絮飛ぶ空のやさしさうたがはず

さ揺らぎの端まで及ぶ雪柳

指揮者まで歌ふ合唱卒業す

花束を抱く卒業子花は見ず

読めるもの入学児みな声に出し

春風と闘ふ幼飽きもせで

本を拭く古書肆のひと日養花天

木洩れ日の数に佐保姫分かれけり

屈ませるちから菫のそのどこに

積み上がる栄螺の殻のゴジラめく

ぶらんこを捨て駆け上がるすべり台

鞦韆を吊し子を待つ老樹かな

龍天に登るや記紀に句点なし

亀鳴きしことも洛中洛外図

コーヒーのフレッシュ渦に涅槃の日

踏まれたる草の芽むんと戻りけり

げんげ野の一本抜けばaからtheに

蒲公英に影生むほどの高さかな

たんぽぽの絮失ひて茎高し

死火山のやうに伏すなり落椿

小流れのやうにピアノに春ショール

清明の椅子真っ直ぐに人を待つ

日本に桜ウクライナに戦

散りやまば立ち去るものを花疲れ

大原の里菜の花の色に香に

耕の最後を風のならしけり

肘どこかわからぬカーブ甘茶仏

嬰の目の画素数いくつ芝桜

俳人としての今生ゆすらうめ

あたらしき財布新札緑立つ

目を閉ぢてみても眩しきみどりの日

禽獣の声交はらず竹の秋

馬の歩度少しゆるめて落花浴ぶ

第二章　夏

腕回すサードコーチャー夏来る

夏は来ぬ蛇口はなべて撃つ構へ

人間が好きで嫌ひで花は葉に

本といふ窓の形や緑さす

薫風に次のページを急かさる

花桐や遺品整理を日もすがら

ふくろふが足で顔掻く薄暑かな

わが胸を弾き高きへ夏の蝶

はまひるがほ太古は海でありし湖

ハンカチの花日和なるそよぎかな

麦風のごつごつ当る西行碑

屍のヨーガのポーズ薬降る
汗ひとつかかず白寿のヨガ教師
七変化いづれも雨の色ならむ
枯れ尽くすその色までを七変化

荒梅雨の宇治川百鬼夜行めく

大津絵の鬼の眼が追ふ半夏雨

顔に出てしまふ性格花南瓜

あんのぢやうハンカチ忘れゆきにけり

白日傘よりどこかしらはみ出して

香水の香りの消えて昼の母

黴の書に黴びざる写真挟まれし

黴の書にヒットラーの眼炯炯と

洛中の涼や応挙の大瀑布

籐椅子の向き合ふ語り合ふやうに

風鈴の紅差し指に抗はず

黒揚羽宇宙一つのさびしさよ

蜘蛛の囲のゆらぎ五次元六次元

詩はだれの心にも竹皮を脱ぐ

滝行に来て先達のごとき滝

滝に身を貫かれたく仰ぎけり

中ほどで身を引き絞り滝壺へ

滝壺に足を浸してより轟

一塊のずれ落ちてくる雨後の滝

体内の水変はるまで滝にをり

龍祀る里に泉の滾滾と

河鹿笛全天に星挙りくる

水槽の闘魚おのれを迎へ打つ

天使魚に底ひを好みたるものも

川幅のままに白鷺北上す

青葉木菟仰ぐ野鳥の会その他

眷属を一人も連れず大暑来る

岩を嚙み峙つ一樹大暑の日

言ふとなく偲ぶ会へと蟬時雨

古書店の奥の稀覯書熱帯魚

旧札のはらりと落ちて曝書かな

戦前も戦後も臭ふ曝書かな

涼しさや国宝第一号の指

中腹の風をはげみに登山かな

巻き解かば忍の一字か落し文

打《ぶ》つかるも打つからるるも水馬

俗名はレッツゴーカップ祭馬
炎帝に摑まれてゐし犀の角
汗伝ふ魚族の裔の脊椎に
八月ややはり聞かねばならぬこと

息を吹きかけて形代強ばりぬ

鵜篝に鵜の漆黒のあらはなる

胸筋のむんむん動く羽抜鶏

天網の疎にして烏瓜の花

飛行機が空に礫日の盛り

飛魚となりしや海を脱ぎたくて

いつ水に戻つてもよき水母かな

ぎゆつと海収まる小窓夏惜しむ

第三章　秋

鳥獣の霊も船形乗せたまへ

闇手繰り寄せては払ふ踊かな

オロナミンCをこくこく生御魂

生前葬終へていきいき生御魂

足音を滝に消されて夜半の忌

人はただ一本の管秋気澄む

まだわれに気づいてをらぬ秋日傘

底紅の底ひのやうであれ日本

道元に負けぬ瓢の坐りかな

ジュラ紀より重なる地層鱗雲

尾頭は地球の裏か鱗雲

犬派でも猫派でもなし小鳥来る

小鳥来る嬰とふ巨大生物に

何方へ落つとも知らず蝗跳ぶ

中空にとどまり蜻蛉次の考

この膝も岩場の一つ赤とんぼ

キャンピングチェアに深々月を待つ

月させば月の容になる心

句となるは明日でもよろし今日の月

電線に月すつぽりと全音符

秋の日をすくひ上げつつ旅の靴

宇宙人連れ去りに来い大花野

牛に乗る老子色なき風に乗る

露草といふ露草に湖ふたつ

白芙蓉やはらかく日矢折り込める

浮きもせず風船葛落ちもせず

コスモスの寺をコスモスはみ出して

はじまりは若き自画像美術展

レコードの波打つ二百十日かな

マーラーを聴きにゆく日の曼珠沙華

平成も明治も冷えて古書の市

遅速あり秋の手回しオルガンに

落口に極まる白さ秋の滝

身の冷えてなほ一瀑を去り難し

三枚に空おろされて稲光

稲びかり田の神様の自撮りとも

残像の消ゆるを待たず稲光

深吉野の稜線消えて虫の闇

白露や落つる間際に葉を惜しみ

秋薔薇の名前すなはち一行詩
くれなゐの重みに耐へて露薔薇
鶴渡る詩となればみな美しく
丸善にレモン古書肆にくわりんの実

見れば見るほどに友似や鯊の顔

五分待つカップラーメンそぞろ寒

虚栗顔も知らざる父逝けり

ふるさとをもたぬ身なれば草の絮

山となり谷となる屋根鳥わたる

身をスキャンされゆく釣瓶落しかな

秋没日どら焼ほどにぺつちやんこ

日を跨ぐ夜業端からそのつもり

堂々と芭蕉破れてゐたりけり

無花果に齧られさうな齧り口

檸檬切り対の乳房となりにけり

一指だに天上指さず仏手柑

尾道の小径の木の実時雨かな

秋行くや紙一枚を漉くやうに

美しきものばかり見て秋惜しむ

しんがりを代へつつ鳥の渡りかな

第四章　冬

冬立つと聞けば木立の畏まる

紅葉散る夢殿をもうひとめぐり

湖へ町へ比叡の紅葉散る

名刹になれざる古刹石蕗の花

小春日や柵にずらりと驢馬の鼻

驢馬鳴いて冬至の空の伸び縮み

福助の中に店主や歳の市

昨日にも増して空澄む二日かな

智拳印結べるひと間淑気満つ

飾り独楽裏にひとつの彩もなし

京上る初雪となるところまで

風花であり湯の花と出合ふまで
たまゆらの大雪スイスレストラン
ノイシュヴァンシュタイン城雪きりもなし
用なせば元の雪へと雪礫

歩むとは確かむること深雪晴

凍蝶に折目正しきつばさかな

笹鳴や天網の目を閃かす

のつけからフォルティッシッシモ寒鴉

典座かと聞き耳立てて竈猫

鶏の雪にぽんぽんルーン文字

梟を肩に冬服一樹めく

梟の飛ぶ構へして糞放つ

ひたぶるに待ち梟の首戻る

白鳥の一羽にて満つ月の舟

凍星のどこかに喘ぐ恐竜も

枯芝のなか一塊の詩魂たる

正面の山倒れ込む冬の川

滝涸れて一枚岩となりにけり

校長室開け放たれて室の花

三者面談ストーブを子は見つめ

脱がれたるブーツ人魚の坐りめき

進化して着膨れてホモ・サピエンス

折れ葱のいづれの折れも潔し

落人の裔も交へて薬喰

膝掛を膝に沿はせて日のなだら
唇の離れ白息離れざる
語られぬこと白息の吹き出しに
これぞ日の丸といふべき冬落暉

蓮枯れて木喰仏の笑みとなる

みづうみを羊水として冬の虹

冬青空見てゐて眼さざ波す

冬山を夕陽掌圧するやうに

寒鯉に動かぬといふ力かな

白息の千切れ千切れに驢馬鳴けり

ムーミンのデミタスカップ山眠る

零るるは娑婆のほかなし実千両

隣る木に影を重ねて冬木立

立つ力残して葦の枯れにけり

見てをれば蠟梅一枝伐りくれぬ

断食のさなかに嚙める寒の水

飛ばぬならわが家広かろ冬の蠅

寒椿落ちぬ隻手の音声に

冬木の芽引き籠る子を籠らせて

春までを八分休符の冬芽かな

第五章　山羊

雪解風山羊の子おとなしく抱かれ

蓬生によもぎ色なる山羊の口

たんぽぽをたんとお食べと山羊放つ

曳いて来し山羊に曳かれて青き踏む

木漏れ日や子山羊抱きあぐ若葉まで

反芻の山羊かたはらに昼寝かな

葉は山羊にくれてやりしよ柏餅

放たれし山羊吸はれゆく夏野かな

山羊鳴くや明易の乳張りつめて

十五夜の山羊まんまると眠りをり

秋草の香りもろとも子山羊抱く

子山羊跳ぬ秋日しつちやかめつちやかに

藷の蔓ずるずる山羊に納まりぬ

戻り来し山羊満面に草虱

冬晴や柵まで来れば山羊の来て

浅春の野をころころと山羊の糞

花水木きらきら山羊を葬りて

これも山羊好きさうな葉よみどりの日

亡き山羊と夢に遊べる緑夜かな

もうをらぬ山羊の声して明易し

秋の野を駆けて子山羊を抱きにゆく

夕月や山羊の一家に見送られ

半眼の山羊に風花しきりなる

亡き山羊が名残の空を駆けてをり

あとがき

一年前、うしおという名の山羊を亡くしました。世界的に見てもめずらしい室内飼いの山羊で、パートナーのように九年間、暮らしをともにしてきました。本句集『鳴鳴』は、うしおがいなくなってしばらくたってから、ふと編むことを思い立ったものです。俳句は鎮魂の歌であると日ごろから感じてきたことなので、自然な思いつきだったのでしょう。今は六歳になった小さな梟と暮らしており、これもまたユニークな存在です。動物は自らの存在をもって、自然な在り方を人間に示してくれています。

三十年ほど住んできた京都を離れ、今度は驢馬を飼うために、奈良の山中に転居いたしました。町中では飼うことの難しい驢馬と暮らしたいという、ただそれだけの理由で。動物以外にもさまざまな事柄を詠んでまいりました。それらが与えてくれた感動を、すこしでもお読みいただいた方の心に届けられたなら幸いです。

句集の上梓にあたり、いつも応援してくださり、すてきな序文を賜りました「玉梓」の名村早智子主宰はじめ、句友のみなさま、とりわけ俳句そのものにこの場を借りて深く感謝申し上げます。

令和六年五月

緒方順一

著者略歴

緒方順一（おがた・じゅんいち）

1974年8月29日生

2018年　「玉梓」入会

現　在　「玉梓」同人、俳人協会幹事、京都俳句作家協会幹事、メーメー句会管理人、古書店「全適堂」店主

現住所　〒632-0121
奈良県天理市山田町2941

鳴鳴 Meh Meh　めーめー

二〇二四年六月一日　初版発行

著　者　緒方順一

発行所　ふらんす堂

〒一八二―〇〇〇二
東京都調布市仙川町一―一五―三八―二F
電　話　〇三（三三二六）九〇六一
FAX　〇三（三三二六）六九一九
URL　https://furansudo.com/
E-mail　info@furansudo.com
振　替　〇〇一七〇―一―一八四一七三

発行人　山岡喜美子

装　幀　和　兎

印刷所　日本ハイコム㈱

製本所　日本ハイコム㈱

定　価　本体一七〇〇円＋税

ISBN978-4-7814-1669-4 C0092 ¥1700E

乱丁・落丁本はお取替えいたします。

第一句集シリーズ